Synopsis

Le corps de Marcello Spinella est découvert par un contrôleur de la SNCF sur un parking près de la gare de Thionville. Il gisait à côté de sa voiture.

D'après les premiers éléments de l'enquête, son meurtrier l'a abattu à l'aide d'un Beretta 92 FS Que cachait le passé de la victime ? Qui lui en voulait à ce point pour le supprimer ? Pourquoi le maire de Rome, est-il mêlé à ce meurtre ?

Quelques jours plus tard, la police grand-ducale est appelée au parc municipal de Rumelange par le jardinier. Sur un des bancs publics gît le corps de Maria Monte. Elle aussi a été tuée par une arme à feu. La police scientifique confirme que c'est le même pistolet qui a été utilisé sur la scène de crime de Thionville. Est-ce que les victimes se connaissaient ? Est-ce un meurtre lié à une organisation mafieuse ? Quel est le lien entre ces deux homicides abjects ? Pourquoi Marco Monte, le mari de la victime a quitté précipitamment le Grand-Duché ? Est-il mêlé à ces deux assassinats ?

Madame la Procureure, Eglantine du Rocher, du Palais de Justice de Thionville et Monsieur Marco Schmitt, Procureur Général du Parquet de Luxembourg-Ville, seront chargés de coopérer avec les forces de l'ordre.

Voilà une enquête franco-luxembourgeoise pleine de rebondissements qui sera menée avec brio par nos enquêteurs !

LA GUERRE DES GANGS

FRANCO -

LUXEMBOURGEOISE

Eliane Schierer

Il était 8 heures du matin un vendredi du mois de juin. Bernard Moretti et Christian Dussolier étaient déjà assis à leur bureau en train de lire leur courrier.

Soudain le téléphone du commissaire sonna !

— Oui c'est moi, que se passe-t-il ? Calmez-vous Monsieur, racontez-moi. Ne touchez à rien, le temps de prévenir notre supérieure et Madame la Procureure, nous arrivons.

— Que se passe-t-il Bernard ? demanda le sergent.

— C'est un certain Jules Mathieu, contrôleur à la SNCF. Il vient de découvrir le corps d'un homme qui est allongé à côté de sa voiture.

— Je vais avertir Madame le Commandant, répondit Christian.

— Merci et moi j'appelle Madame la Procureure.

— Allô Madame la Procureure ? C'est Moretti à l'appareil. Nous avons une nouvelle victime à déplorer à la gare de Thionville. Je viens de recevoir un appel téléphonique d'un témoin. Nous allons nous rendre sur place.

— D'accord, j'espère que la victime a ses papiers d'identité sur elle. Envoyez-moi un coursier au palais de justice et je vous ferai transmettre un mandat de perquisition pour son domicile et son employeur. Quand vous serez à la gare, indiquez moi son identité et son adresse. Merci.

— Ce sera fait, Merci Madame la Procureure.

— Messieurs, fit le commandant de Saint Cyprien, vous avez carte blanche. Tenez-moi au courant.

— D'accord, nous nous rendons à la station de Thionville de suite.

— J'ai prévenu notre équipe de Nancy, ils sont en route,   fit   Maryline.

Une dizaine de minutes plus tard, nos enquêteurs arrivèrent sur le lieu du crime. Leurs collègues de la brigade scientifique n'étaient pas encore arrivés car il fallait compter à peu près une heure de route de Nancy à Thionville.

— Bonjour Monsieur Jules Mathieu, c'est bien vous   qui   nous   avez   appelé ?

Devant eux se tenait un contrôleur de la SNCF en uniforme, d'une quarantaine d'années.

— Oui c'est moi, c'est affreux, je m'apprêtais à rentrer quand j'ai vu le corps de ce pauvre malheureux étendu par terre. Je n'ai touché à rien.

— Avez-vous remarqué quelque chose d'étrange quand vous avez découvert le défunt, un détail même insignifiant pourrait nous aider.

— La seule chose dont je me souvienne c'est le démarrage en trombe d'une voiture noire immatriculée au Grand-Duché quand je me suis approché. Cela pourrait être une BMW ou une Audi. Il y avait deux personnes à l'intérieur, cependant, elles portaient des cagoules, je n'ai pas vu leur visage.

— Très bien, merci pour ce renseignement, poursuivit Dussolier.

Soudain on vit un gyrophare d'une voiture de police arriver.

— Ce sont nos collègues de la brigade scientifique, dit Moretti.

— Vous pourriez venir en nos bureaux, disons ce soir, pour signer votre déposition, demanda Dussolier ?

— Oui bien sûr, à quelle heure ?

— 18 heures si cela vous convient.

— D'accord.

— On vous montrera aussi quelques types de voitures. Si vous la reconnaissiez ce serait formidable.

— Bonjour tout le monde, s'écria Elisabeth Montaigu, la médecin légiste. Merci d'avoir sécurisé la scène de crime, on a mis plus de temps que prévu, il y avait des bouchons sur l'A31, comme d'habitude. Ah, tenez, on a de la chance que la victime ait ses papiers sur elle et apparemment, ce n'est pas un vol qui a mal tourné car il il y a encore de l'argent dans son portefeuille. Il a aussi son portable, heureusement. Il s'agit d'un certain Marcello Spinella, résidant au 10, rue des Lilas à Thionville.

— Merci Elisabeth, tu nous enverras tes conclusions dès la fin de l'autopsie ?

— D'accord. Ce que je peux vous dire pour l'instant, c'est que la victime a été abattue à l'aide d'un pistolet. Je dois extraire les deux balles pour vous dire de quelle marque il s'agit. Je ne vois aucun autre signe d'agression apparent sur son corps.

— Et pour l'heure de l'homicide ?

— Je dirais aux environs de 7 heures du matin. Le corps est encore tiède.

— Qui l'a trouvé ?

— Un contrôleur de la SNCF, il vient de partir à l'instant. Il a vu une voiture immatriculée au Grand-Duché sur la scène de crime. On lui montrera des photos de berlines à 18 heures quand il viendra au poste.

— C'est une chance qu'il ait ses papiers sur lui, remarqua Dussolier. Je vais appeler le coursier pour qu'il aille chercher la perquisition au palais de justice. Je demanderai la vidéo-surveillance à la SNCF.

Dussolier rentra à la gare de Thionville.

— Le messager va nous rejoindre au domicile de la victime, nous pouvons y aller. Pour la vidéo-surveillance la SNCF a un problème technique, on devra commencer notre enquête sans celle-ci pour l'instant. L'image est brouillée.

— Il ne manquait plus que cela, répondit Moretti.

Une dizaine de minutes plus tard nos enquêteurs se retrouvèrent devant un immeuble de quatre étages. Ils sonnèrent et une voix de femme se fit entendre. Après avoir décliné leur identité, Moretti et Dussolier montèrent les quatre étages à pied car il n'y avait pas d'ascenseur. Une jeune femme d'une trentaine d'années leur ouvrit la porte. Elle semblait avoir peur de les voir car de grosses gouttes de transpiration coulaient sur son front. Ils entendirent les cris d'un enfant venant de l'intérieur de l'appartement.

— Vous êtes bien Madame Donatella Spinella ?

— Oui, c'est moi !

— Nous sommes des forces de l'ordre de Thionville.

— Oh, que me veux la police ? fit la jeune femme.

— Pouvons-nous entrer un instant s'il-vous-plaît ?

— Je vous en prie.

— Nous avons, hélas, une triste nouvelle à vous annoncer.

— Est-ce qu'il s'agit de mon mari ? Est-ce qu'il lui est arrivé quelque chose ?

— Oui, il a été assassiné sur le parking de la gare de Thionville. Je suis désolé Madame.

— Oh mon Dieu, je me sens mal, je dois m'asseoir.

De grosses larmes coulaient le long de ses joues.

— Est-ce que vous avez besoin d'un médecin ou d'une aide pour votre petite fille ?

— Je vais appeler maman, non merci.

Quelques minutes plus tard Madame Spinella revint, le regard dans le vide.

— Maman, maman, s'écria la petite fille qui devait avoir environ sept ans. Où est papa ?

— Du calme Marie, grand-mère va arriver, tu passeras quelques jours chez elle à Hettange - Grande. Elle s'occupera de toi et t'amènera à l'école. Papa est en voyage pour l'instant.

— Je veux rester avec toi maman !

— Non ma chérie, pour le moment c'est impossible.

— Quand est-ce que vous avez vu votre mari pour la dernière fois, Madame ?

— C'était ce matin vers 6 heures. J'étais très étonnée de le voir debout de si bonne heure. Il semblait nerveux et un rien le faisait bondir, je ne l'avais jamais vu ainsi. Quand je lui ai demandé ce qui n'allait pas, il ne m'a pas répondu. Il a juste haussé les épaules et m'a dit : « Dans la vie on ne prend pas toujours les bonnes décisions malheureusement, il faut en prendre » Ensuite il est parti. Comment a t-il été supprimé ? A-t-il souffert ?

— Votre époux a été tué à l'aide d'un pistolet. Sa mort était instantanée. Notre médecin légiste est en train d'examiner le corps à l'institut médico-légal. Elle nous transmettra ses conclusions demain matin. Dès que l'autopsie sera terminée, on vous aidera pour son enterrement.

— Encore une chose, est-ce que votre mari avait des connaissances au Grand-Duché ?

— Oui, il avait des amis là bas or je ne vois pas ce qu'ils ont à faire avec son assassinat ?

— Nous si, car une voiture immatriculée au Luxembourg a été vue s'éloignant à toute allure au moment du meurtre.

— Si vous pouviez nous faire une liste de ses amis, c'est vraiment important.

— Un moment, je vous la fait de suite, si cela peut vous aider. Je ne me souviens que de deux noms.

— Est- ce que votre époux avait des ennemis ? Dans quelle branche travaillait-il ?

— Vous savez Marcello ne me parlait pas beaucoup de son travail. Il était représentant pour une maison d'édition, c'est tout ce que je peux vous dire.

— Comment s'appelle son employeur ?

— Les éditions de *Sainte Croix*. Elles ont leur siège dans la galerie du Centre Leclerc. Voici les deux noms et le numéro de téléphone correspondant.

— Nous serons amenés à analyser son ordinateur et à faire des fouilles dans votre appartement, ceci est nécessaire pour vous éliminer de la liste des suspects, fit remarquer Dussolier.

— Avez-vous besoin d'aide, d'un docteur ?

— Ma mère va arriver bientôt, elle habite à Hettange - Grande. Pour le médecin oui, si vous pouviez m'aider car je ne me sens pas bien, c'est l'émotion.

— Je vais appeler notre praticien, le docteur Eric Müller. Il sera là sous peu Madame.

— Quelques minutes plus tard, la police scientifique arriva sur place.

— Nous avons terminé sur les lieux du crime, annonça Elisabeth Montaigu, mon équipe est à ta disposition pour des analyses ici au domicile de la victime, Bernard..

— Voici la perquisition, Madame Spinella.

Dix minutes plus tard le docteur Müller arriva ainsi que la mère de Donatella.

— Je lui ai prescrit des calmants, elle se repose maintenant, signala le médecin.

— Je veux voir ma maman, hurla la petite fille.

— Calme-toi ma chérie, tiens Marie, je t'ai ramené ton nounours, fit la grand-mère. Maman dort, ne la réveille pas.

— Je n'en veux pas, je veux voir maman. Qu'est ce qui se passe, pourquoi il y a tellement de monde chez nous. Où est papa ?

— Ton papa est parti en voyage, dit Moretti. Il reviendra dans quelques semaines.

— Madame, si vous le souhaitez, dit Dussolier nous pourrons vous accompagner chez un de nos psychologues sinon on le fera venir chez vous.

— Comme je dois m'occuper de ma fille et de ma petite-fille, ce serait préférable que le psychologue vienne chez nous, merci !

— Ce sera fait, répondit Moretti, mon collègue va s'en charger. Comme je l'ai dit à votre fille, nous sommes malheureusement amenés à faire des fouilles dans la maison, car nous recherchons des preuves en relation avec le motif de l'assassinat. Je suis navré. Dès que le corps aura été autopsié, nos équipes vous aideront aussi pour l'enterrement. Je viens de le confirmer à votre fille.

— Faites tranquillement votre travail, nous aurons encore beaucoup de choses à supporter. Je me demande qui en voulait à mon beau-fils ? Je ne comprends toujours pas car c'était un homme gentil et serviable.

Vingt minutes plus tard, la psychologue, docteur Marillier, arriva sur place et s'occupa de Marie qui s'arrêta de pleurer.

— Elisabeth, s'exclama Moretti, tu superviseras la perquisition, merci.

— Charline, merci de t'occuper de l'ordinateur et du disque dur. J'ai vu que celui-ci est encore sur son bureau.

— Ce sera fait. J'espère que la chance sera avec nous ?

— Je l'espère aussi, répondit Moretti.

— Christian et moi allons voir cette maison d'édition. J'ignore si son travail était lié à son homicide ?

— Nous verrons bien, fit Christian.

Quinze minutes plus tard nos enquêteurs se trouvèrent à l'intérieur de la maison d'édition *Sainte Croix*.

— Bonjour, nous sommes des forces de l'ordre de Thionville, pourrions-nous parler au directeur, s'il-vous-plaît ?

— Oui, c'est moi, Julien Delorme, fit une voix d'homme derrière le comptoir, comment puis-je vous aider ?

— Voici le sergent Dussolier, je suis le commissaire Moretti, nous avons une triste nouvelle à vous annoncer.

— De quoi s'agit-il ?

— Votre employé, Monsieur Marcello Spinella a été retrouvé assassiné à la gare de Thionville ce matin.

— Comment ? Vous plaisantez ! Il n'était jamais en retard, et j'allais l'appeler. Comment est-il mort ?

— Quelqu'un l'a abattu. Un témoin a vu une voiture immatriculée au Luxembourg partir à toute allure.

— Marcello travaillait très bien, c'était notre meilleur commercial. J'espère que vous arrêterez son meurtrier !

— Pouvez-vous nous dire s'il avait des problèmes avec une tierce personne ?

— Non il était jovial, je ne vois pas qui pouvait lui en vouloir.

— Est-ce qu'il avait un PC ici, si oui pouvons-nous le voir ?

— Non, il avait un ordinateur portable qu'il avait sur lui.

— C'est étrange, fit remarquer le commissaire.

— Il n'en voulait pas, il avait le sien.

— S'il vous revenait en mémoire quelque chose, même insignifiant, voici ma carte. Vous pouvez m'appeler à n'importe quel moment, n'hésitez pas. Chaque détail est important.

— Evidemment!

— Attendez un instant, je me souviens maintenant, il recevait de temps à autre des coups de fil d'un interlocuteur italien. Il changeait de couleur à chaque fois qu'il lui parlait. On aurait dit qu'il avait très peur.

— Merci pour cette information. Nous serons amenés à analyser son portable et son téléphone à son domicile pour trouver le motif du crime.

— Mince ! Qui m'appelle ?, Ah c'est mon épouse, fit Moretti.

— Oui, on ne peut rien te cacher ma chérie. Non, on n'a aucune piste, on débute seulement notre enquête. Je l'ignore mais je dirai plutôt aux environs de 20 heures. Des pizzas, d'accord je m'en occupe. Moi aussi je t'embrasse.

— Christine et Claude ont entendu parler de l'homicide à la radio. Elles ont commandé des pizzas. Ma famille est compréhensive, heureusement.

— Oui, fit Dussolier, c'est exact, je confirme.

— Je me demande ce qu'il faisait à une heure aussi matinale à cet endroit ? Ils ont mis la main néanmoins sur des virements suspects sur son ordinateur et sur une clé USB il y avait un tas de documents en italien, classés secrets. Cela devrait impliquer des hommes politiques ou une bande de criminels. On va avoir du pain sur la planche si c'est un meurtre lié à ce milieu. Bref, rien à voir avec son métier de commercial dans une maison d'édition. C'est dommage que la SNCF ne nous ait pas encore délivré la vidéo-surveillance, cependant ce n'est pas dit qu'elle nous révélera l'identité de l'assassin.

— Oulala cela promet, s'exclama Moretti. Une chose après l'autre, il est midi et on va déjeuner.

— On va au « Dragon d'Or » ? demanda Dussolier.

— Oui, bonne idée, c'est self-service, cela ira vite.

— J'espère que le témoin se rappellera de quelque chose ? fit Moretti.

— J'en suis persuadé, répondit Dussolier. Tu sais, avec des séances d'hypnose tout est possible.

— Hum, j'ignore si ce Monsieur acceptera notre proposition.

— Cela sent le canard laqué, fit remarquer Dussolier. On aurait pu dire à notre équipe scientifique de nous rejoindre.

— Tu as raison, pourtant je pense qu'avec l'autopsie, ils ont plein de boulot. Je me demande ce que notre victime avait pour mission, elle semble plutôt politique. Appartenait-elle à une organisation criminelle ou au contraire devait-elle surveiller des malfrats ?

— Ton flair ne te trompe que rarement.

— On ira voir les deux amis du défunt. Peut-être vont-ils nous en apprendre un peu plus, sait-on jamais ?!

— Viens, on va se servir au buffet, proposa Moretti.

— Hum, c'est délicieux, constata Dussolier.

Le buffet était bien garni de soupes diverses, poulet, canard, boeuf scampis, nouilles, riz, nems et légumes.

Une heure plus tard, nos enquêteurs se trouvaient devant le portail de Gilles Dufour.

— Bonjour Messieurs, je vous attendais. Veuillez vous donner la peine d'entrer. Comment puis-je vous aider ?

Gilles frôlait la cinquantaine. Il portait une barbe bien fournie et avait un regard franc.

— Tout d'abord, nous vous présentons nos sincères condoléances pour la perte de votre ami.

— Je suis sous le choc, croyez-moi.

— Voici le sergent Dussolier, je suis le commissaire Moretti.

— Pouvez-vous nous parler un peu de lui ?

— Oui, nous avons fréquenté la même école à Thionville. Nous sommes restés amis depuis. On se voyait une fois par mois.

— Est-ce que Monsieur Spinella vous semblait inquiet ? Avait-t-il des soucis personnels ?

— Marcello était quelqu'un de très discret, il ne se confiait pas facilement sur sa vie privée. Un jour, quand nous avons déjeuné en ville, il a reçu un appel téléphonique. La personne au bout du fil devait être italien. Je ne comprends pas l'italien, malgré tout j'avais constaté que Marcello était très nerveux après ce coup de fil. De grosses gouttes de transpiration coulaient le long de son visage rougi par l'émotion. Je n'ai rien demandé, et lui a fait semblant que ce n'était rien d'important néanmoins j'avais une toute autre impression de cette conversation houleuse.

— Nous vous remercions pour cette information qui nous sera utile dans notre enquête, répondit Moretti.

— Pourriez-vous vous libérer demain matin pour venir signer votre déposition au commissariat, disons 10 heures ?

— D'accord !

— Encore une dernière question, après nous partirons

— Quel métier exercez-vous ?

— Je travaille comme rédacteur au Républicain Lorrain !

— Oh, c'est un métier intéressant.

— Oui mais quelque fois affligeant quand il s'agit d'écrire un article sur des meurtres ou des décès suspects, surtout quand il s'agit de mon ami, fit tristement Gilles.

— C'est exact, à demain Monsieur Dufour.

— Ne vous vexez pas, mais pour trouver l'assassin et le mobile, ainsi que pour vous rayer de la liste des suspects, nous aimerions vous poser une dernière question ? Où étiez-vous ce matin entre 6 et 7 heures ?

— Déjà au journal. J'y étais vers 7 heures 15. J'ai aussi des témoins. Je vous note les noms et numéros de portable.

— Merci, ce sera tout pour l'instant. Nous allons vérifier vos dires. Au-revoir, à demain.

— Je me demande dans quoi était trempé notre victime, on dirait, d'après mon ressenti, que cela pourrait être la Mafia voire une association similaire comme la Ndrangetha.

— Oui Bernard, Charline nous a bien dit que l'ordinateur de son domicile contenait du matériel explosif.

— D'accord, rendons nous chez Armand Goosens. Peut-être a-t-il aussi des informations à nous révéler, enfin je l'espère, s'exclama Moretti. Je me demande qui était ce fameux interlocuteur italien que notre victime craignait ?

— Bonjour Monsieur Goosens, nous vous avons appelé. Voici le sergent Dussolier, je suis le commissaire Moretti. Pouvons-nous vous poser quelques questions, s'il-vous-plaît ?

Devant eux se tenait un homme d'une quarantaine

d'années, presque chauve. Il portait des lunettes rouges et fumait la pipe.

— Oui bien sûr, entrez-donc. Comment puis-je vous aider ?

— Tout d'abord, nous vous présentons nos condoléances pour la mort de votre ami.

— Merci, c'est affreux, je ne comprends vraiment pas qui lui en voulait à ce point ?

— Avez-vous remarqué un changement dans ses habitudes, une baisse de moral ou tout autre chose ?

— Oui, en effet, Marcello semblait sur les nerfs ces dernières semaines. Quand je lui ai demandé ce qui n'allait pas, il m'a répondu qu'il était fatigué et qu'il avait besoin de vacances. Il ne m'a pas convaincu donc je n'ai pas insisté. Si seulement je l'avais fait. Je ne lui connaissais pas d'ennemis non plus, sa mort reste un mystère pour moi.

— Ou étiez-vous ce matin entre six et sept heures ? Nous voulons vous rayer de la liste des suspects, c'est tout.

— Je me rendais à mon travail. Je suis occupé aux impôts de Thionville et quand vous m'avez appelé, je me suis vite déplacé à mon domicile pour vous rencontrer. J'y étais déjà vers 7 heures car nous avons beaucoup de retard à rattraper. Voici le numéro de téléphone de ma collègue, elle pourra vous le confirmer.

— Merci pour ces informations. Pourriez-vous vous rendre demain matin, disons à 11 heures, au commissariat de police pour signer votre déposition ?

— Oui, certainement.

— A demain Messieurs.

— On n'est pas beaucoup plus avancé, fit Dussolier.

— Mais si, nous allons attendre les conclusions de Charline. Elle sait certainement quels sont ces mystérieux appels venant d'Italie lesquels faisaient très peur à notre victime.

— Ah, quand on parle du loup !

— Oui Charline, c'est du lourd, c'est ce que nous pensons aussi. La Nranghetta ou la Mafia, non ? Qui ? Le maire de Rome, Vittorio, Giuseppe di Maria ? Ah, vous ne savez pas encore d'où proviennent ces fonds ? Quoi, une liste avec des noms luxembourgeois qui résident à Rumelange. Bien, il faudra faire des recherches approfondies. Nous approchons du but. Chère collègue, tu contactes Europol de préférence et tu leur transmets ces informations qui sont liées indirectement au meurtre. On ira faire une visite de courtoisie à nos collègues de Rumelange. Informes-en aussi Madame le Commandant et dis-lui qu'on est en route pour le Grand-Duché. Au fait, quelle est l'arme du crime qui n'a pas été retrouvée, ah un Beretta 92 FS. Merci pour ton aide.

— Quoi, s'écria Dussolier, le maire de Rome c'est l'homme duquel Mario avait une peur bleu ?

— Oui, notre victime se faisait grassement payer pour des informations sur des personnes résidant au Grand-Duché, précisément à Rumelange. Est-ce que le maire appartient à une association mafieuse ? Ils ne savent pas encore d'où cet argent provenait. Il faisait pression sur la victime toutefois, pour l'instant rien ne le lie à ces virements.

— Oh, on va aller voir nos collègues luxembourgeois, proposa Dussolier. Tu te souviens encore de l'homicide sur lequel nous avions travaillé ensemble il y a deux ans ?

— Oui je m'en rappelle. Quelle heure est-il ? 17 heures. J'appelle Roland, je pense qu'il se rappelle encore de nous. Quelle drôle d'affaire. J'espère que Madame le Commandant n'y verra pas d'inconvénient.

— Non, Madame de Saint Cyprien nous donne carte blanche et nous respectons la procédure.

— Allô Roland, c'est Moretti à l'appareil. Tu me remets ? Comment vas-tu ? Ecoute nous devons passer chez vous, on a un meurtre à résoudre qui est lié à des personnes habitants à Rumelange. Il s'agit d'un clan mafieux, je présume. Pouvons-nous passer ? Merci c'est très aimable. A tout de suite.

— J'ai informé Madame la Procureure du Rocher, comme cela tout est nickel de notre côté, fit Dussolier.

— En avant pour Rumelange, merci Christian.

Un quart d'heure plus tard, nos policiers se trouvèrent dans le bureau des forces de l'ordre luxembourgeoises.

— Tiens, fit Bernard, voici les noms des personnes concernées de Rumelange. D'après les premiers éléments de l'enquête, l'homicide de Spinella est lié à une organisation criminelle. On ne sait pas encore si c'est la Mafia ou la Nranghetta. Le maire de Rome soutirait des informations à notre victime. La raison, à nous de la découvrir. Les sommes d'argent que la victime recevait ne proviennent pas du maire or nos services doivent encore approfondir.

— Avez-vous contacté Europol à ce sujet ?

— Oui c'est fait.

— Bonjour, ah nos collègues français, c'est un plaisir de vous revoir, fit Serge Scheer, l'adjoint de Majerus en entrant dans le bureau.

— Tout le plaisir est pour nous, répondit Moretti.

— Roland va t'expliquer pourquoi nous sommes venus.

— Oh, il m'a déjà touché un mot avant votre venue. C'est du lourd que vous avez là.

— Nous allons avertir le *CAT*, c'est notre brigade spéciale anti-terroriste et le parquet, en l'occurrence, Monsieur Marco Schmitt, Procureur Général d'État du Grand-Duché. C'est la procédure.

— Nous avons averti Madame la Procureure du Rocher. J'ignore si elle va nous dessaisir de l'enquête mais nous ne le pensons pas car Europol travaille déjà sur le dossier en Italie, fit remarquer Moretti. Je suppose que la brigade anti-terroriste de Nancy viendra nous épauler.

— De notre côté, après coordination avec nos forces spéciales, nous allons enquêter sur ces personnes dont tu m'as donné la liste. Je souhaite que nous allons trouver quelque chose. Comment est décédée la victime ?

— Marcello a été abattu à l'aide d'un Beretta 92 FS. Merci d'avance, nous devons rentrer car nous avons le témoin du meurtre qui vient signer sa déposition. J'espère qu'il se rappellera de la marque de voiture. Au fait, vous travaillez demain ?

— Oui demain matin seulement, répondit Roland. Si vous avez un souci, contactez-nous.

— Merci, à très bientôt, firent les enquêteurs.

— N'oublie pas les pizzas ce soir, dit Dussolier.

— Non, je n'oublie pas cependant nous allons rentrer tard car on a encore les deux dépositions des amis de Spinella à rédiger.

— T'inquiète pas, on se partage le travail, je n'ai personne qui m'attend à la maison.

— C'est sympa, Christian, je te revaudrai cela.

— Tu trouveras aussi chaussure à ton pied, il faut juste patienter, tu verras.

— Bonsoir Monsieur Mathieu. Vous-êtes-vous remis de vos émotions de ce matin ?

— Oh non, cela va durer encore quelques temps.

— Donc, essayez de vous souvenir de la marque de la voiture.

— Je vais essayer, hum !

— Fermez-les yeux et remémorez-vous le bref instant où votre regard a croisé la voiture qui démarrait à toute allure, proposa Dussolier.

— Je pense me souvenir que c'était une BMW, j'ai aperçu le sigle de la marque derrière sur le capot. La voiture était de couleur noire et je me souviens également de deux chiffres de la plaque d'immatriculation, le 4 et le 6.

— C'est super Monsieur Mathieu, cela nous aidera dans nos recherches. Avec des personnes de la sorte il se pourrait bien que la plaque soit une fausse.

— Je me permets de vous prendre vos empreintes, ne vous inquiétez pas, c'est pour vous rayer de la liste des suspects.

— Sinon, est-ce que vous vous rappelez d'un autre détail peut-être ? Avez-vous vu un homme ou une femme conduire la voiture ?

— Il y avait deux personnes à l'intérieur comme je vous l'ai dit ce matin. Malheureusement, ils étaient masqués je n'ai pas pu voir leur visage.

— Merci, vous nous avez bien aidé.

— Je souhaite que vous trouverez le meurtrier.

— Si vous désirez prendre contact avec notre psychologue, voici sa carte. Ne vous gênez surtout pas.

— Je vais y penser, car je ne me sens pas trop en forme. Je suis choqué.

— Justement, prenez rendez-vous, elle pourra vous aider. Vous ne paierez rien, c'est notre administration qui s'en charge.

— Merci, au-revoir Messieurs.

— Bon, allons-y pour les deux dépositions, je pense que d'ici une demi-heure nous aurons terminé, dit Moretti. Je vais appeler la Pizzeria et mon épouse.

Le clocher de l'église de Saint Pierre sonna 19 h 30 quand nos enquêteurs quittèrent leur bureau. Moretti se mit en route pour la pizzeria et Dussolier rentra chez lui. Ils devaient essayer de se reposer car le lendemain ils étaient d'astreinte.

— Bonsoir mes chéries, fit Bernard on rentrant dans leur maison.

— Oh papa, s'écria Claude, sa fille, qu'est-ce qui s'est passé à Thionville ?

— On a un meurtre sur les bras et un des plus difficiles à résoudre. Je n'ai pas le droit de divulguer des informations cependant cette enquête est liée au crime organisé.

— Il ne vous manquait plus que cela, répondit Christine, son épouse.

— Hum, les pizzas sentent bon. Allez, bon appétit Mesdames, on va oublier pour quelques heures cet homicide. Qu'est ce que l'on regarde à la télévision ce soir ?

— On ne peut pas t'imposer encore un policier, ironisa Christine.

— Oh, cela m'est égal, c'est comme vous voulez !

— Au fait, comment était ta journée à la mairie?

— Rien d'extraordinaire, nous avions la visite de la ministre de la culture, ce qui est assez exceptionnel pour Thionville.

— En effet, répondit Bernard.

— Et toi Claude, ta journée au lycée c'est bien passée ?

— On a eu une interrogation surprise en maths. Heureusement que j'avais révisé hier soir.

— Au fait papa, il faut que je te parle. Maman est déjà au courant.

— C'est grave parce que ce soir plus rien ne pourra plus me déstabiliser, je meurs de sommeil.

— Tout dépend comment tu vas juger ou analyser le sujet ?

— Vas-y Claude on t'écoute !? Aurais-tu peur de ma réaction ?

— Oui, papa.

— Eh bien voilà, je vais faire mon «coming out » en famille. Je suis homosexuelle.

— Ce n'est pas si important, Claude. Tu es notre fille et on t'aime telle que tu es. Ce serait beaucoup plus sérieux si tu avais une maladie incurable. As-tu une amie ?

47

— Oui, elle s'appelle Marie-Claire, elle a tout comme moi, 18 ans.

— Que va - t-elle étudier ?

— Littérature et économie. On se connaît depuis quelques temps et notre amitié s'est transformée en amour.

— Nous te souhaitons tout le bonheur que tu mérites, Claude. J'espère que l'on fera bientôt sa connaissance ? répliqua Christine. Si tu es d'accord, tu peux l'inviter à déjeuner dimanche, papa ne travaille pas.

— Merci maman et papa, j'avais très peur de votre réaction. C'est gentil, je vais lui demander si elle n'a rien de prévu.

— Je ne suis pas tellement surprise ma fille, dit le commissaire, car je ne voyais que des filles tourner autour de toi ou sortir avec toi, maman et moi on se posait des questions. Ceci dit, nous méritons une pause maintenant.

Après une demi-heure, toute la famille s'était installée au salon. Au programme « Cold Case » !

— Je crois que je l'ai déjà vu, dit Bernard, par contre je ne me souviens plus de la fin.

Vers 23 heures les Moretti avaient regagné leur chambre à coucher.

— Bonjour tout le le monde, s'écria Claude vers 7 heures, ce samedi matin.

— Bonjour ma chérie, as-tu bien dormi ? demanda Christine. Tu t'es levée tôt.

— Oh, nous deux on a du boulot, non, papa est absent. J'ai dormi comme un loir. Au fait, c'est d'accord pour dimanche midi, je vous présenterai Marie-Claire.

— Excellent, fit Bernard. Je dois vous laisser, le devoir m'appelle.

— Ne te soucie de rien papa, j'irai faire les courses et je l'aiderai à la maison. Maman travaille aussi ce matin.

— C'est sympa ma fille, à ce soir. Merci.

— Au-revoir, bonne chance !

— Bonjour Madame le Commandant.

— Bonjour Bernard. Alors où en sommes-nous dans cette enquête ? Charline m'a fait un briefing hier. J'ignore si la victime était liée à la Mafia ou à la Ndranghetta toujours est-il que ça en a tout l'air. J'ai averti la brigade anti-terroriste de Nancy. Ils vont se joindre à vous. J'ignore combien de personnes vont venir ce matin.

— C'est la procédure, je comprends, souligna Bernard. Nous avons été voir nos collègues de Rumelange hier. Ce ne sera pas la dernière fois.

— Alors, que disent-t-ils ?

— Ils ont averti le parquet et leur service anti-terroriste, le *CAT*. Ils épluchent les noms des personnes que la victime devait espionner. Je me demande ce que le maire de Rome avait à voir avec cette histoire ? Est-ce qu'il voulait des renseignements parce que ces personnes avaient un passé douteux ou est-ce que lui aussi était lié à une organisation terroriste ?

— Nous le saurons bientôt, j'ai toute confiance en vous et en votre équipe.

— Merci Madame le Commandant, nous ferons tout notre possible. Madame la Procureure du Rocher est au courant de chaque fait et geste.

On entendit frapper à la porte.

— Bonjour, je suis le commandant Jean d'Huart. Heureux de pouvoir travailler avec vous, votre commandant et moi nous nous connaissons depuis plus de dix ans.

— Tout le plaisir est pour nous, répondit Bernard.

— Maryline nous a envoyé les premières conclusions ainsi que les noms des personnes énumérées sur votre liste et résidents au Grand-Duché qui sont répertoriées chez nous. On les soupçonne d'appartenir à un groupe mafieux. Je me demande cependant quel rôle le maire de Rome joue dans ce crime ?

— Si je peux me permettre, répondit Dussolier, nous avons été voir nos collègues de Rumelange hier après-midi, et ils sont en train de s'informer sur ces habitants.

— Est-ce que l'on a récupéré l'arme du crime ?

— Elle n'a pas été retrouvée sur la scène de crime, hélas. Notre brigade scientifique nous a confirmé que c'est un Beretta 92 FS. Elle a analysé deux des balles qu'elle a retirée du corps de la victime.

— Une BMW, immatriculée au Grand-Duché, a pris la fuite près du lieu de l'homicide, c'est pourquoi nous suspectons ces personnes d'être à l'origine de ce meurtre, fit remarquer Bernard. Nous n'avons que deux chiffres de la plaque dont notre témoin se souvient. On y travaille avec le bureau d'immatriculation luxembourgeois. Il se peut qu'elle soit fausse.

— Malheureusement, la SNCF a des problèmes techniques et nous n'aurons la cassette de la vidéo-surveillance que lundi au plus tôt.

Soudain le téléphone de Bernard se mit à sonner.

— Quoi, vous aussi vous avez un meurtre à élucider? Qui est la victime ? Ah, une femme qui était sur la liste que l'on vous a remise hier et c'est le jardinier du parc de Rumelange qui vous a contacté. Ce crime est certainement lié à notre affaire. Cela m'a bien l'air d'une vengeance entre clans. Je suis curieux de savoir si c'est la même arme qui a servi à supprimer cette personne. Nous restons à la disposition de Monsieur le Procureur, Marco Schmitt. J'en informerai aussi Madame la Procureure du Rocher. Si vous avez du nouveau faites-le nous savoir. Pour l'instant on essaie, avec l'aide d'un collègue de la brigade anti-terroriste de Nancy d'assembler le puzzle. Les ramifications sont nombreuses. Si on a du nouveau on vous appellera. Merci !

— Que se passe-t-il, demanda Dussolier, les policiers luxembourgeois ont aussi un homicide sur les bras ?

— Oui, effectivement, répondit Moretti. Le jardinier du parc a retrouvé le corps d'une certaine Maria Monte sur un banc public au parc communal de Rumelange. Le meurtrier lui a tiré une balle en pleine tête. Ils supposent qu'elle avait rendez-vous avec lui et qu'elle ne s'est pas méfiée car elle le connaissait peut-être. Leur brigade scientifique, en l'occurrence, Madame Marie-Hélène Masson, analyse la scène de crime. L'arme n'a pas été retrouvée or les balles sont identiques aux nôtres.

— Et si ces deux affaires étaient liées ? constata Jean.

— J'ai aussi ce pressentiment, cependant nous devons attendre la fin de l'autopsie.

On entendit frapper à la porte.

— Entrez. Ah, Charline, je suppose que tu as de bonnes nouvelles à nous transmettre ?

— J'ai reçu un appel d'Europol au sujet de di Maria, le maire de Rome. Il paraît qu'il a mandaté les forces de l'ordre pour mettre la main sur deux gangs italiens qui sévissent en Moselle et au Grand-Duché. Il s'agit en effet de règlements de compte, à leur avis. Les deux bandes rivales sont liées à la Ndrangheta. Ce qui est étonnant, c'est que cette dernière a des ramifications jusqu'à Rome car normalement elle sévit le plus souvent en Calabre ou dans le sud de l'Italie.

— Vous savez, rétorqua Jean, ces organisations mafieuses ont peut-être leur siège en Italie mais comme vous dites, leur étendue est internationale. La Nranghetta est une association de malfaiteurs familiale et bien souvent des disputes anodines qui ont commencées il y a de nombreuses années en arrière, se terminent en meurtre. Chaque groupe défend son territoire pour la vente de drogues diverses, la prostitution y est aussi représentée, le blanchiment d'argent, la traite d'êtres humains et n'oublions pas la corruption de certaines personnes politiques et des forces de l'ordre. La mafia est devenue internationale. On la retrouve en Russie, au Japon, à Hong-Kong à Taiwan, au Mexique et j'en passe. La première victime est à mon avis, un informateur néanmoins je peux me tromper. Tout semble aller dans ce sens.

— Est-ce que tu as du nouveau au sujet de l'immatriculation de cette BMW ? demanda Dussolier

— Non pas encore, je dois éplucher une longue liste, cela peut me prendre encore quelques heures.

— Très bien, nous patienterons.

— Madame le commandant va m'aider. Elle m'a promis que j'aurai un support dans quelque temps, je suis soulagée. Depuis que mon collègue a démissionné j'ai parfois la tête sous l'eau.

— Oui c'est vrai, tu as aussi beaucoup d'heures supplémentaires à ton compteur, tout comme nous.

— Oui, c'est notre travail qui l'exige.

— J'ai trouvé quelque chose d'intéressant, dit Charline. Il y avait un mégot de cigarette non loin de la victime ; l'ADN qu'on a trouvé dessus correspond à une personne qui a un casier judiciaire et pas des moindres. Il pourrait s'agir, soit du meurtrier, soit de son complice, car votre témoin a bien vu deux personnes dans la voiture ? C'est un coup de chance. J'espère que c'est bien l'ADN des suspects. Ce serait une première piste.

— C'est inespéré, oui, fit le commissaire.

— Quelle est son identité ?

— Le nom de cette personne est Marco Monte.

— Quoi ? s'écria le commissaire.

— Il a le même nom que la personne qui a été assassinée à Rumelange. Et si c'était son mari ?

— L'affaire se complique, observa Jean d'Huart. C'est une pièce à conviction, donc je suggère que nous contactions le commissariat de Rumelange et que nous leur donnions une copie du rapport de Madame Vannier.

— Allô, Roland, nous avons une première piste. Nous avons trouvé un mégot de cigarette près du corps de Spinella Après vérification, il s'agit de l'ADN d'un certain Marco Monte. Tu m'as dit que la victime s'appelle Maria Monte. D'accord, je te faxe les documents et le *CAT* s'en charge. Quel imbroglio je te jure ! fit plaintivement le commissaire.

— Attends, je te passe encore Jean d'Huart, il t'expliquera les détails. C'est un membre de notre brigade anti-terroriste. Je ne pense pas qu'on va résoudre l'enquête aujourd'hui. Il faudra du temps aux agents du

CAT pour analyser les profils des suspects et trouver le lien qui lie les uns aux autres. Ah, bien sûr, si tu veux, notre sergent va l'accompagner, vous pourrez ensuite coordonner l'enquête.

— Christian, Roland me demande si toi et Jean pouviez passer à Rumelange ? Il aimerait éviter à se poser des questions le reste du week-end. Il préférerait coordonner et vérifier tous les renseignements qu'il va transmettre aux responsables.

— Entendu, allons faire un tour au Grand-Duché, répondit ce dernier. On passera en même temps à la pompe à essence.

— Très bien on y va, fit Christian.

— Je vais m'occuper des amis de Spinella qui vont venir signer leur déposition.

Trente minutes plus tard, nos deux enquêteurs étaient au commissariat de Rumelange. Serge Scheer, l'adjoint de Roland, leur offrit un café.

— Bonjour, voici Jean d'Huart, dont Bernard t'a parlé.

— Si je puis me permettre, nous devrons coordonner nos informations et les vôtres afin de ne rien oublier, proposa Jean.

— Exactement.

— Si j'avais su que la Nranghetta s'était aussi installée à Rumelange, j'aurai agi plus tôt.

— Oh, c'est souvent difficile de connaître à fond les personnes et principalement les criminels. Ils mènent une double vie, travaillent dans la restauration italienne ou ont un commerce, un bar ou un dancing et sont de bons pères et mères de famille. Cette organisation est sans scrupules pour défendre leur honneur ainsi que leur territoire. Vous pouvez nous en dire un peu plus sur ce Marco Monte ?

— Lui et sa femme possèdent la Pizzeria « *CHEZ MARIA* ». Nous n'avons jamais remarqué quoi que ce soit d'anormal jusqu'au jour où la brigade financière de Luxembourg-Ville nous a contactée. Elle a découvert de grosses sommes d'argent au nom des époux sur des comptes off-shore aux Bahamas. Heureusement qu'Interpol les a aidé. En remontant la filière, ce qui a duré tout de même deux mois, ces enquêteurs ont pu découvrir que Mario et Maria étaient liés au trafic de drogue qui provenait d'Amsterdam. Nous allions juste les appréhender quand le jardinier nous a appelé lorsqu'il a découvert le corps de la victime. Nous recherchons encore activement « le cerveau » de cette bande. Cela ne m'étonnerait pas que notre brigade des stupéfiants fasse des investigations dans le milieu de la prostitution. Certains cabarets sont tenus par des Italiens. Cela ne veut rien dire, par contre, il faut les contrôler. Les pizzerias de Luxembourg sont en train d'être passées également au peigne fin. Sait-on jamais si les mafieux essaient de leur soutirer de l'argent.

— Je me demande si c'est lui qui a tué son épouse ? Est-ce qu'elle voulait plus de pouvoir ou peut-être voulait-elle tout arrêter !?

— Malheureusement, nous n'avons pas retrouvé d'empreintes ou des indices sur la scène de crime. Vous aviez plus de chance. L'arme du crime est toujours introuvable. Oui effectivement,   ce serait vraiment une coïncidence que Mario se soit retrouvé avec l'indicateur, notre première victime au même moment et au même endroit. Cette organisation criminelle s'était bien renseignée sur la personne qui fournissait des informations au maire de Rome, supposa Jean. J'ignore s'il a supprimé son épouse, Maria. A mon avis c'est un coup monté contre lui.

— C'est ce que Madame Marie-Hélène Masson de la brigade scientifique est en train de vérifier. Je répète et vous le savez aussi, que toute personne est censée être innocente jusqu'à preuve du contraire, fit l'enquêteur luxembourgeois ; le mari n'est pas blanc comme neige, je vous le concède.

— En effet, c'est peut-être un mafieux mais pas un meurtrier.

— Un mandat d'arrêt a été signé par Monsieur le Procureur Schmitt. Nous avons informé Europol et Interpol. Les aéroports ainsi que les gares sont contrôlés. Il est évident qu'il a fui. On ignore pourtant dans quel pays il voudrait se rendre.

— Vous avez vérifié l'Italie ?

— Oui c'est fait. Il a ses parents qui habitent tout près de Naples. Les forces de l'ordre italiennes surveillent la maison familiale.

—J'ai prié Monsieur le maire de Rome de m'autoriser à faire une vidéo-conférence à 10 heures lundi. Si vous souhaitez y participer dites-le moi, suggéra Roland. Il pourra certainement nous fournir d'autres renseignements sur ce clan criminel. Pour les autres personnes qui sont sur votre liste, nous n'avons rien trouvé.

— Il se pourrait qu'ils fassent simplement « la mule » et que leur rôle soit secondaire, s'exclama Jean. Il nous faut absolument les deux chefs de ces associations mafieuses.

— Il y aura beaucoup de monde ? demanda Dussolier.

— Oui, Monsieur le Procureur, le *CAT*, votre équipe et nous bien évidemment.

— Je pense que Madame la Procureure du Rocher ne sera pas de trop. Je propose de lui envoyer aussi une invitation. Vous savez, au sein de l'UE on a mis l'accent sur la collaboration du maintien de l'ordre de tous les pays, commenta Christian.

— Je suis au courant, répondit Roland.

— De notre côté j'ai dressé une liste des suspects qui agissent à Metz, Nancy et Thionville, elle est longue. Tout ce beau monde est lié à la drogue, au trafic d'armes, à la prostitution et bien sûr au blanchiment d'argent. J'ai l'ultime conviction que Spinella n'était rien d'autre qu'un indicateur qui travaillait pour la police italienne et le maire de Rome. Voici nos noms. En vérifiant votre liste, j'ai observé qu'il y a des noms de famille similaires, donc c'est la confirmation que ce sont bien des bandes mafieuses qui sont associées.

— Nous avons mis tous les suspects sur écoute et nous vérifions leurs entrées et sorties de fonds. C'est assez fastidieux comme travail, le *CAT* est heureusement spécialiste en la matière.

— Je vous remercie pour ces informations, répondit Roland. Nous aurons des renseignements complémentaires sur Spinella lundi.

— Merci, nous n'allons plus vous retenir plus longtemps, car vous ne travaillez pas cet après-midi.

— Non effectivement, il y a toujours une ou deux personnes d'astreinte le samedi matin. Vous pouvez néanmoins m'appeler si vous avez du nouveau. A part faire les courses avec mon épouse, je n'ai rien prévu d'autre.

— Très bien, au-revoir Roland, Serge à lundi. Merci pour votre aide et toutes ces précisions.

— Nous vous inquiétez pas, je suis certain que nous tous allons mettre la main sur ces malfrats, fit Serge.

— On l'espère également, répondit le sergent.

— Alors qu'en penses-tu ? demanda Christian quand ils furent dans la voiture pour retourner à Thionville.

— Oh, ils ont fait du bon travail, rien à redire. Je ne pense pas que le mari soit l'assassin de son épouse, cela pourrait être une vengeance peut-être, qui sait. Si on a le motif, on mettra la main sur le ou les assassins. L'histoire se complique car il y a deux bandes qui sont liées par des actions mafieuses.

— Au fait, il est presque midi, fit Jean et je commence à avoir faim, pas toi ?

— Oh que si. Je vais appeler les collègues, on ira déjeuner dans une brasserie qui est située tout près du commissariat, proposa Dussolier.

— Allô, ah Madame le Commandant, nous revenons à l'instant de Rumelange. Nous avons appris des choses importantes et intéressantes. Cela vous tenterait de rassembler tout le monde pour que l'on puisse aller déjeuner *CHEZ MAX* ? Oui, avec plaisir, si Madame la Procureure veut venir, pas de soucis. D'accord, je réserve pour 7 personnes. A tout de suite.

— Maryline fait le standard ? dit Jean en rigolant. Elle et Eglantine du Rocher s'entendent bien, c'est important.

— Oui Jean, elle nous aide partout. Elle met la main à la pâte là où elle peut.

71

— C'est une sacrée bosseuse et rien ne lui échappe. Je pense qu'elle passe aussi des nuits blanches en ce moment avec cette affaire.

— Oh, il n'y a pas qu'elle je te rassure, fit tristement Christian.

— Allô, oui Sergent Dussolier à l'appareil. Pourriez-vous nous réserver une table pour 7 personnes, s'il-vous-plaît ? Merci, oui dans un quart d'heure nous serons là.

Dix minutes plus tard tout le monde se retrouva à la brasserie.

— Alors vous deux, racontez-nous un peu ce qu'ont découvert les collègues luxembourgeois ? demanda Bernard.

— Les Monte étaient liés au trafic de drogue qui provenait d'Amsterdam. Ils avaient une pizzeria à Rumelange. Les spécialistes luxembourgeois ont également trouvé des comptes divers qu'ils détenaient aux Bahamas.

— Ah, soupira Eglantine du Rocher, ces comptes off-shore, c'est vraiment une plaie. C'est même autorisé dans certains pays !

— Le commissaire Majerus a prévu de nous inviter tous à une vidéo-conférence avec di Maria, le maire de Rome, lundi matin à 10 heures. Il va nous expliquer un peu toutes ces ramifications ténébreuses de la Nranghetta.

— Et toutes ces personnes qui sont sur cette liste de nos confrères, quel rôle jouent-elles ?

— Oh ce ne sont que de petits « poissons », des « mules », ils ne font que du va et vient avec les drogues. Il sera facile de les coffrer si on les intercepte en flagrant délit.

— Exactement, on devra s'intéresser seulement aux deux chefs, celui du Grand-Duché et celui de Moselle.

— Nous avons vérifié, certains noms reviennent sur chaque liste, nota Jean. Ils sont apparentés.

— Mais encore, fit Madame la Procureure ?

— Amaretto, Grappa, Sangria pour n'en citer que quelques uns ?

— On dirait des noms de digestifs, fit la magistrate en   plaisantant.

Tout le monde si mit à rire.

— Je vois que vous n'avez pas encore perdu votre humour, Eglantine, dit le Commandant.

— Non, heureusement.

— Qui sont donc ces deux mystérieux chefs de toute cette galerie ? demanda Maryline.

— Nous le découvrirons lundi, répondit Dussolier.

— Au fait, le *CAT* luxembourgeois a fait des razzias dans les pizzerias et certains bars sont suspectés de prostitution ou de trafic de stupéfiants. Ils ont bien avancé.

— Spinella, était t-il un indicateur qui travaillait pour la police de Rome et pour le maire ? demanda la magistrate.

— Oui c'est exact, cependant on ignore encore si Marco Monte, qui a fui, est lié au meurtre de sa femme. Europol et Interpol sont à sa recherche.

— Pour Spinella, je pense que la Nranghetta luxembourgeoise a découvert ce qu'il trafiquait et qu'il les espionnait, donc, ils l'ont abattu.

— Nous avons retrouvé les mégots de cigarette avec l'ADN de Monte près de la scène de crime, annonça Charline.

— Cela se tient, répondit le commandant, cependant cela peut-être aussi une mise en scène.

— Je vous souhaite un bon appétit, dit Eglantine. Au fait c'est moi qui régale, il faut que nos enquêteurs travaillent le samedi alors c'est ma récompense.

— Si nous travaillions au FBI, nous devrions même travailler le dimanche, riposta Bernard.

— Merci Madame la Procureure.

— C'est exact, ajouta Maryline. Merci Eglantine.

Après une heure, tout le monde était à nouveau à son poste. Les enquêteurs vérifiaient les identités des noms sur la liste que Jean leur avait transmise.

— Allô, ah c'est toi Roland, je croyais qui tu faisais tes courses avec ton épouse ? C'est fait. Qui est le chef du Luxembourg ? Julio Amaretto, très bien, bon travail. Il est aussi tenancier du bar « *Chez Julio* ». Oui, bien évidemment que la drogue et la prostitution sont monnaie courante, je comprends. Merci pour ces informations. A lundi.

— Madame le Commandant, je viens de recevoir un appel de l'inspecteur Majerus. Le chef de la Nranghetta est Julio Amaretto. Il a un bar où travaillent des prostituées et il est lié au trafic de drogues. Nous voilà déjà avec un nom important.

— On trouvera aussi le boss de Moselle, assura Maryline, Jean est en train de travailler dessus avec toute l'équipe, ne vous inquiétez pas Bernard. J'en informe Madame du Rocher.

— Je propose que l'on termine pour aujourd'hui. La semaine était longue, nous avons bien avancé, grâce à vous toutes et tous.

Le clocher de Saint Pierre sonna 17 heures.

— Merci Madame le Commandant, fit toute l'équipe.

— Bonsoir tout le monde, s'exclama Bernard en rentrant chez lui.

— Quelle bonne nouvelle, mon mari est déjà rentré.

— Madame le Commandant nous a dit de rentrer chez nous, la semaine prochaine risque d'être très chargée.

— Je l'imagine.

— Bonsoir papa, alors que veux tu que l'on mange ce soir ?

— Et si je vous emmenais dîner à l'extérieur, qu'en pensez-vous ? J'ai un peu mauvaise conscience avec toutes mes absences.

— Papa, tu es commissaire de police, maman et moi on ne l'ignore pas.

— Heureusement que j'ai mes deux femmes qui sont compréhensives.

— Cela vous dirait d'aller à la Pizzeria *CHEZ LINDA* ?

— Oui, c'est une bonne idée, je vais me reposer une demi-heure, ensuite j'irai me préparer.

Bernard se mit sur le canapé où après cinq minutes il s'endormit profondément.

— On va le laisser tranquille, je suis certaine qu'il n'a pas bien dormi cette nuit, cette enquête le perturbe, fit son épouse. Il se retournait sans cesse dans le lit.

A 19 heures les Moretti étaient assis au restaurant italien. Le four à pizza réchauffait toute la pièce. Les Moretti prirent des plats de pâtes. L'atmosphère y était conviviale. A 21 heures la famille se retrouvait autour du poste de TV.

— Alors as-tu prévenu Marie-Claire que nous étions calmes et qu'elle n'a pas besoin de s'en faire ?

— Oui, je lui ai dit que j'ai des parents formidables, pas de soucis.

— Mais nous avons aussi une fille très sympa et respectueuse que veut-on de plus.

— Au fait, c'était délicieux. Merci papa.

— C'est la moindre des choses.

— Qu'est ce que l'on mange demain ?

— Je vais faire un rôti de veau avec des haricots et des pommes de terre rissolées.

— Comme dessert j'ai commandé un vacherin glacé. Cela vous va ?

— Oui bien évidemment, on t'aidera maman.

— Si vous ne voyez pas d'inconvénient je vais aller me coucher, je meurs de sommeil.

— J'ai oublié de demander, comment était-ce à la mairie ce matin, tu étais d'astreinte !

— Oh, assez turbulent. Je dois aider à organiser le prochain salon du livre de Terville. Il est dans trois mois, les préparatifs et invitations sont très nombreux et cela prend beaucoup de temps, cependant j'aime ça.

— Ma femme est une touche à tout, bravo.

— Bonne nuit tout le monde.

— Bonne nuit, je monte aussi bientôt.

Le clocher de Saint Paul sonna les 23 heures. On entendit le cri du hibou au loin.

— Bernard, tu veux bien te lever, il est 9 heures 30.

— Quoi, j'ai dormi aussi longtemps ?

— Oui, ta fille et moi on t'a laissé faire la grasse matinée. Comme nous avons une invitée, j'aimerais que tu te prépares maintenant, enfin, on aimerait bien !

— Oui, je vais me faire tout beau.

— C'est le grand jour pour ma fille. Je suis impatient, je l'avoue.

— Oh moi aussi, j'ai le trac, répondit son épouse.

— Pourquoi, c'est une jeune femme comme il y en a beaucoup. Je suis certaine qu'elle a une bonne éducation. Tu connais notre fille, elle n'accepterait jamais une amie vulgaire et non éduquée.

— Bonjour les parents. Alors papa, tu ne veux plus te lever ?

— Désolée Claude, j'étais épuisé. Je n'avais presque pas dormi dans la nuit de vendredi à samedi. Cette Nranghetta me poursuit même dans mon sommeil.

— Ah, merci, je bois vite mon café et mange une tartine, ensuite je vais chercher du pain.

— C'est déjà fait, j'y suis allée, répondit Claude. Je t'ai aussi acheté un croissant.

— Ah, je serai perdu sans mes deux femmes. Merci.

— Hum, le gâteau est excellent. Ce sera tout sinon je ne vais plus rien manger à midi.

Les Moretti s'affairaient dans la cuisine et Bernard mit la table. Il sortit la vaisselle « *Vieux Luxembourg* ». C'était une journée importante pour leur fille, pensa-t-il. Claude restait calme, son épouse également, du moins elle le cachait très bien. A midi pile, la sonnette retentit.

— Bonjour Madame, Monsieur Moretti, je suis Marie-Claire, je suis heureuse de faire votre connaissance.

Devant eux se tenait une jeune femme de 18 ans. Elle avait les cheveux blonds et les yeux bleus. Des lunettes rouges ornaient un nez très fin. Une eau de toilette à la citronnelle embaumait la pièce. Claude luit donna un baiser sur la joue.

— Nous également, veuillez prendre place.

— Tenez c'est pour vous, j'espère qu'elles vous plaisent.

— Merci beaucoup, j'adore les fleurs.

— Oh, vous vous êtes donné beaucoup de travail, si vous voulez, je peux vous aider ?

— Non, tout est prêt, ne vous inquiétez pas. Nous allons boire un apéritif. Vous aimez L'Apérol Spritz ?

— Oui, mais ce sera tout comme alcool, car les policiers contrôlent, je les ai vu en passant.

— Oui, nous comprenons, déclara Bernard. On ne vous forcera pas.

— Claude m'a dit que vous travailliez sur deux meurtres. Cela doit être très stressant et dangereux, non ?

— Pour le stress oui, pour le danger chaque enquête qui est liée à un meurtre est dangereuse, en effet. Nous sommes une bonne équipe, j'ai confiance en elle.

— Claude m'a confié que vous étudierez littérature et économie.

— Oui, si cela ne marche pas pour être professeur je chercherai autre chose.

La jeune femme avait le regard fuyant, ce qui n'échappa pas à Moretti. Son attitude et son comportement étaient théâtraux.

— Vous êtes encore jeune, réfléchissez bien. Je suis certain que vous êtes une jeune femme bien engagée.

— Je fais de mon mieux, merci.

Tout le monde se mit à manger. On n'entendit plus que le cliquetis des couverts.

— C'était vraiment délicieux Madame Moretti, annonça l'amie de Claude. Merci pour votre accueil. Merci d'être aussi ouvert.

— Nous ne voulons que le bien de notre fille et si vous y contribuez, alors tout est parfait, répliqua le commissaire.

— Je n'aurai pu dire mieux.

— Marie-Claire et moi avons prévu d'aller voir un film. Cela ne vous dérange pas. Il débute à 16 heures.

— Non, bien évidemment, allez-y, ne rentre pas trop tard Claude, tu as cours demain.

— Non, je serai de retour vers 20 heures pas de soucis.

— Au-revoir et merci encore.

— Alors comment tu trouves Marie-Claire ?

— Elle a l'air d'être sérieuse et bien éduquée. Attendons la suite, nous verrons bien.

— Pourquoi dis-tu cela avec un arrière-ton ?

— Je ne sais pas, c'est trop beau pour être vrai, j'avais l'impression qu'elle nous cachait son vrai visage et elle me semble hypocrite. Je ne la sens pas. Elle nous jouait la comédie, je crois qu'elle n'était pas sincère.

— C'est le commissaire qui parle ou le père ?

— Plutôt le commissaire !

— Surveille les comptes de Claude, j'ai peur qu'elle ne profite d'elle, tu la connais et son bon coeur. Moi aussi elle m'a fait une drôle d'impression, tu as raison, Bernard. Ce sourire et les lèvres pincées, je n'ai pas aimé.

— J'ai son mot de passe et la procuration. Je n'aimerais pas qu'elle l'utilise, je vais voir tout de suite.

— Bernard c'est incroyable, notre fille a retiré cinq cents Euros que je lui avais donnés le mois dernier. Je pense que l'on va avoir une petite discussion. C'était pour s'acheter des habits et pour partir en week-end dès la fin de ses cours. Je crois que tu as vu juste, Bernard.

Soudain la porte s'ouvrit. Devant eux se tenait leur fille en larmes.

— Claude qu'y a t-il ? demanda Bernard.

— Viens nous parler.

— Comment avez-vous trouvé Marie-Claire ?

— Elle nous a caché son vrai visage, je suis franc avec toi. Maman et moi nous ne l'apprécions pas trop.

— Elle a dit du mal de vous, que vous étiez des petits bourgeois sans envergure. Je lui ai prêté les 500 Euros que tu m'avais donnés et elle m'a confirmé que je ne les aurai jamais en retour. Ensuite, pour couronner le tout, elle m'a avoué qu'elle fréquentait une autre femme depuis deux semaines.

— Ne pleure pas ma chérie, fit Christine, c'est mieux ainsi. Si cela avait continué elle t'aurait simplement extorqué ton argent et profité de toi.

— Papa, tu te trompes rarement. Je vous ai gâché votre dimanche et maman qui croyait que j'étais heureuse. Je l'étais jusqu'à il y a une heure. Tant pis, cela fera de moi une femme avertie.

— Tu es encore jeune, tu trouveras chaussure à ton pied, fit Bernard en enlaçant Claude tendrement.

— Venez tous, on va regarder un bon film à la télé, cela nous changera les idées.

— Pour l'argent ne t'inquiète pas. Ce sera le moindre de tes soucis.

— Non papa, j'assume. J'irai travailler quelques heures dans un fast-food. Je serai moins généreuse la prochaine fois.

— Quel est son nom de famille, ?demanda Bernard.

— Angeloni.

— Donne-moi son adresse, cela sera vite réglé.

— Non papa, c'est de ma faute, je ne veux pas que tu t'abaisses pour elle.

— Comme tu voudras Claude.

Vers 22 heures la famille Moretti se coucha. Bernard pensa à sa fille qui avait du chagrin.

Lundi matin à 8 heures tapantes, toute l'équipe était à son poste. Bernard était soucieux car ce qui était arrivé à Claude le tracassait. Il avait les yeux cernés.

— Alors Christian, Jean, comment s'est passé votre dimanche ?

— Calme, répondit Jean, je me suis promené avec ma petite fille de quatre ans à Nancy.

— J'ai fait mon jogging le matin, l'après-midi j'ai regardé la télé, fit Christian.

— Je vais sortir un moment fumer une cigarette avant que l'on commence, dit Jean.

— Bernard, tu me caches quelque chose ? Tu as l'air abattu.

— Oh si tu savais, l'amie de Claude l'a lésé de 500 Euros.

— Quoi ! Quelle garce, je vais t'aider.

— Non, j'irai la trouver ce soir. Cela ne va pas se passer ainsi. Claude ne veut pas que je m'en mêle, or j'irai quand-même la trouver, d'autant plus qu'elle nous prend pour des petits bourgeois sans envergure.

— Tu as bien raison. Ne vous laissez pas faire.

— Bon, concentrons-nous sur notre affaire. A 10 heures nous avons cette fameuse vidéo-conférence.

— Dis-moi Bernard, fit Jean, nous ne nous connaissons pas trop, cependant je crois que tu as des soucis. Tu m'a l'air abattu.

— Pour ne rien te cacher c'est un problème qui concerne ma fille qui a prêté 500 Euros à une amie et cette dernière ne veux plus les lui rendre. Ce sera vite réglé ce soir !

— Je comprends que tu veuilles la défendre.

— Que sait-on sur ce Julio Amaretto ? demanda le commissaire.

— J'ai fait quelques recherches dans ce sens, fit remarquer Jean.

— C'est un gros poisson dans le milieu de la drogue et de la prostitution. **Ce qui est** étonnant, c'est qu'il rivalise avec une femme qui a une discothèque à Metz.

— Oh, l'établissement ne sert que de façade, j'imagine, lança Bernard.

— Comment s'appelle cette femme ?

— Sandra Punto.

— Ce genre de personnes sont aussi féroces que les hommes dans ce milieu, rétorqua Jean.

— Bonjour tout le monde !

— Bonjour Madame le Commandant.

— Vous me briefez avant que ne démarre cette vidéo-conférence ?

— Nous avons trouvé deux noms, grâce aux forces de l'ordre luxembourgeoises qui nous ont mis sur la piste d'un Julio Amaretto. J'ai recherché dans les fichiers, le nom d'une Sandra Punto y figure aussi et cette dernière possède une discothèque à Metz, la *Pyramide*.

— Je suis certaine qu'elle y fait également travailler des prostituées. Cela me révolte, surtout pour ces pauvres filles, qui bien souvent, sont issues de l'immigration qui a mal tourné. D'accord on y va, la vidéo-conférence va bientôt démarrer avec di Maria.

Devant eux se tenait le maire de Rome. Di Maria avait les traits tirés. Il frôlait la cinquantaine. Il était vêtu d'un costume bleu foncé, d'une chemine blanche et portait des lunettes noires.

— Bonjour la France, bonjour le Luxembourg. Merci de m'avoir permis de vous contacter de cette façon.

Je vois que même les magistrates des deux pays sont présentes. C'est parfait, je vais donc débuter.

— Comme vous l'avez certainement appris, Marcello Spinella travaillait pour nous. Sa couverture était son poste dans sa maison d'édition, cependant c'était un agent de l'" « *Agenzia informazioni e sicurezza esterna* », (AISE) ». Il devait nous informer des moindres gestes d'Amaretto et de Punto. Il était rémunéré par *l'AISE*. Nous suspectons qu'un homme de main d'un de ces mafieux l'a fait assassiner. Marcello avait réussi à faire parler une prostituée de la discothèque de Punto. Il y avait un trafic important de drogues ; Punto se disputait le territoire avec Amaretto. Spinella a fait un travail remarquable, mais très dangereux. Je vais le regretter.

— Ah, maintenant nous comprenons aussi ces sommes d'argent sur ses comptes dont on ne savait pas qui les lui avait versées. Merci, fit Marilyne.

— Quel rôle joue Marco Monte, dont la femme vient d'être assassinée dans cette affaire glauque ? demanda le commissaire.

— Marco Monte est un mafieux qui a fui l'Italie il y a une dizaine d'années et qu'on avait perdu de vue jusqu'au jour de l'assassinat de son épouse. Il travaillait pour Punto et nous le suspectons d'avoir assassiné Spinella.

— Notre police scientifique a trouvé un mégot de cigarettes près du corps à Thionville qui portait son *ADN*. Donc oui, nous sommes également de votre avis.

— Malheureusement, Marco a fui avant que nous puissions l'interroger, regretta Roland de la brigade luxembourgeoise. Nous avons, grâce à Europol et Interpol, fait surveiller la demeure de ses parents en Italie.

— C'est une bonne idée. C'est notre seul témoin qui peut nous aider pour appréhender Punto et Amaretto. J'ignore s'il va le faire mais cela réduirait sa peine de prison. .Il n'a plus rien à perdre, constata di Maria.

— Le *CAT,* notre brigade anti-terroriste a fait quelques razzias chez Amaretto et ils ont trouvé une quantité non-négligeable de drogues à l'arrière de son bar. Nous l'avons mis en garde à vue en attendant son procès. Nous avons appris, tôt ce matin que le fils de Punto a été assassiné. Il travaillait avec sa mère. Nous supposons que c'est un règlement de compte entre Sandra et Julio.

— Faites très attention, lança le maire, Amaretto est dangereux, il se pourrait qu'il trouve des connections en prison.

— Ne vous inquiétez pas, répondit Roland, il est seul dans une cellule. Il n'y sort que pour se doucher. Il n'y a personne d'autre dans les douches à ce moment. Nous avons installé des caméras partout et les surveillants sont briefés.

— Avez-vous d'autres informations à nous communiquer au sujet de Marco ou de Punto, questionna Monsieur le Procureur Schmitt ?

— Non, hélas, nous aussi, nous le recherchons.

— Nous allons surveiller tous les va et vient de Madame Punto, lança la magistrate. Elle voudra se venger et je suis certaine, qu'elle et ses hommes de main, voudront s'approcher d'Amaretto. Si on le libère sous caution, elle va y parvenir.

— Amaretto va être présenté au juge cet après-midi, donc je crains fort qu'il puisse être libéré sous caution.

— Et la prostitution, la traite d'êtres humains ? s'offusqua la magistrate, hors d'elle.

— Il ne représente pas un danger et n'est pas un assassin, jusqu'à preuve du contraire. On ne peut pas le lier automatiquement au meurtre du fils de Sandra, répondit Monsieur le Procureur.

— Peut-être, mais j'ai l'intime conviction que si vous le libérez, Sandra va essayer de l'achever même si son palmarès n'est pas des moindres.

— Dans ce cas il faudra, comme vous l'avez proposé, chère collègue, surveiller la suspecte et ses hommes de main. Ce n'est peut-être pas très conforme à la loi, pourtant c'est le seul moyen de les coffrer tous les deux et de rassembler les preuves pour leurs trafics bien juteux, s'exclama le magistrat luxembourgeois.

— Je comprends, fit Eglantine, il servira d'appât. En effet, c'est le seul moyen de faire arrêter tout ce beau monde. Observez bien Amaretto car ce n'est certainement pas un enfant de coeur. Je suppose qu'il est déjà au courant de la mort du fils de Sandra ?

— Oui il l'est. Nous avons accepté qu'il puisse avoir une radio portative dans sa cellule. Il l'a appris tôt ce matin et je vous avoue qu'il a peur. Il aimerait rester en cellule.

— S'il veut un aménagement de peine, il n'a pas d'autre choix que d'accepter.

— Et si Julio n'a pas fait assassiner Monsieur Punto ? Quel est son prénom déjà ?

— Giani, répondit le magistrat.

— Vous savez, ajouta Monsieur le Procureur, nous avons aussi la mafia colombienne à Luxembourg-Ville. Le *CAT* enquête également à leur sujet. Ils sont gourmands et aimeraient avoir une plus grosse partie du marché.

— Mais dans quel monde vivons – nous ? s'exclama Marilyne. On se croirait dans un film, malheureusement c'est la triste réalité.

— Heureusement que nous avons cette brigade anti-terroriste, fit Roland, sinon nous ne saurions pas par quel bout commencer.

— A part cela, qu'avez-vous encore à nous dire, Monsieur le Maire ? lança Eglantine

— C'est à peu près tout. Pour trouver des preuves, c'est souvent très difficile, je l'avoue. Si vous avez besoin d'aide, n'hésitez pas à m'appeler ainsi que le commandant Mirco Magnoni, des services secrets. Je vous enverrai ses coordonnées à toutes et à tous. Je vous remercie pour votre aide et j'espère de tout coeur que cette enquête internationale portera ses fruits.

— Oh, nous en sommes convaincus, s'exclama Maryline.

— Au-revoir Monsieur le maire.

— Jean, Bernard, Christian vous pouvez me suivre dans le bureau de Madame le Commandant, proposa du Rocher.

— Donc, Messieurs, la première chose à faire est de surveiller les appels téléphoniques de Sandra Punto et ses déplacements. Pour cela, j'ai déjà contacté notre brigade de Nancy avec la permission de votre commandant. Elle pourra envoyer des hommes en civil faire le guet devant sa discothèque et son domicile privé. Si les enquêteurs luxembourgeois nous confirment que ce ne sont pas les hommes d'Amaretto qui ont assassiné Giani, nous ferons de sorte, par le biais de la presse, que Sandra l'apprenne. C'est important, car sinon notre gangster ne vivra pas longtemps. J'ai parcouru son palmarès, c'est une femme très dangereuse et elle ne lésine pas sur les frais pour se payer des hommes de main. J'ai même l'intime conviction qu'elle est plus à craindre qu' Amaretto. Je vais vous quitter, avertissez-moi s'il a y avait des changements ! Je suis aussi toujours joignable.

Soudain le portable de Bernard se mit à sonner.

— Oui Roland, oh c'est une très bonne nouvelle. Quelles preuves avez-vous recueilli pour l'homicide de Giani ? Ah, une perquisition au domicile d'un mafieux colombien, excellent. Il a avoué, c'est encore mieux. Comment s'appelle le suspect ? Manuel dos Santos. Bien, j'appellerai Madame la Procureure. Pour Monte, toujours pas de nouvelles ? Dommage, il aurait été un témoin capital même s'il a probablement supprimé Spinella.

Le portable de Jean sonna.

— Oui, ne la perdez pas de vue, elle est capable de tout. Depuis qu'elle a perdu son fils, il faut s'en méfier.

— Nous avons mis un traceur sur sa voiture, j'espère qu'elle ne va pas le découvrir?

— Je ne m'inquiète pas pour cela, répondit l'enquêteur. Vous avez pris contact avec le *CAT* Luxembourgeois ? C'est parfait, surveillez-là, elle va essayer de s'approcher d'Amaretto. Bonne chance Charles !

— C'étaient les enquêteurs de Nancy, ils suivent Sandra de près ; elle agit comme un lionne qui a perdu sons petit.

— Donc résumons-nous, fit Madame le Commandant qui avait suivi les deux conversations :

— Les collègues ont coffré un Colombien qui voulait s'approprier une part du marché appartenant à Punto. Comme Giani aidait sa mère, il l'a assassiné d'une balle en pleine tête. Il voulait courir deux lapins à la fois et cela n'a pas fonctionné.

— Oui, décidément, le nombre d'homicides augmente, fit remarquer Bernard. Le suspect s'appelle Manuel dos Santos. J'ai des doutes quant au meurtrier des deux victimes !

— Pourquoi cela, développe Bernard !?

— Et si Sandra avait organisé tout cela pour récupérer le marché du Grand-Duché et de Moselle ?

— Mais on a trouvé le mégot de cigarette de Monte sur les lieux du crime !

— Je veux bien, mais un mégot de cigarette on peut aussi le déplacer. Si seulement on pouvait mettre la main sur Marco, on en aurait la preuve. S'il a abattu Spinella, la brigade scientifique trouvera des résidus de poudre du pistolet sur sa main. S'il a mis des gants, on ne trouvera hélas rien du tout.

En effet, les enquêteurs ne s'étaient pas trompés. Sandra sonnait à la porte d'entrée d'Amaretto.

— Ciao Sandra, que me vaut le plaisir ? Je suis désolé pour ton fils, je te jure que je n'y suis pour rien.

— Tu ne me laisses pas entrer ?

— Oui, bien sûr, entre.

— J'ai lu le journal, ils ont coffré un Colombien, j'ignorais jusqu'il y a encore quelques jours, que ces gens là voulaient travailler sur nos plate-bandes, c'est incroyable. Je te l'avais toujours dit mais toi tu n'y a jamais prêté la moindre importance. Giani les connaissait malheureusement. Je suis dans une rage folle, heureusement que ce n'est pas toi l'assassin, je t'aurai mis une balle en pleine tête.

— Non Sandra, tu sais que mes sentiments pour toi sont toujours là.

— Je sais Julio, la vie nous a séparé, j'ai connu Allessandro et je me suis mariée. Que j'étais stupide à l'époque ! J'ai bien fait de divorcer. Au fait, maintenant que Giani n'est plus parmi nous, je ne te l'avais jamais dit, mais c'était ton fils.

— Quoi ? Sandra, pourquoi m'avoir caché cela ? J'aurai protégé Giani. Je l'aimais beaucoup il était doux et calme.

— Le contraire de moi, tu peux le dire.

— Ecoute Sandra, je viendrai à l'enterrement. Tu m'informeras.

— Oui, en ce moment les flics sont en train de faire une autopsie de son corps. Je n'ai plus une seule larme pour pleurer. Dire qu'il n'avait pas encore trente ans. Je me sens tellement coupable.

— Non, tu as fait ton possible. Tu veux un café ?

— Non, désolé, je dois partir. On se reverra après les obsèques.

— Bon courage Sandra, ma porte sera toujours ouverte pour toi.

— Merci on discutera affaires un autre jour, je n'ai pas le coeur à cela maintenant.

— Je comprends.

— Allô, Bernard, oui c'est Jean, j'ai rejoint la brigade anti-terroriste de Nancy, Sandra est toujours à l'intérieur, heureusement que nos confrères ont intercepté le Colombien, sinon je n'aurais pas donné cher pour la vie d'Amaretto. Elle ressort. On ne peut pas l'arrêter, nous n'avons aucune preuve. Il faudra analyser la vidéo-surveillance de la gare de Thionville. Peut-être va – t- on tomber sur elle ou sur un autre détail ? Je suis content qu'il y en avait une.

— La recherche sur la plaque d'immatriculation n'a rien donné, je suppose donc qu'elle était fausse.

— Nous avons peut-être loupé un détail car on se concentrait sur la voiture et Marco Monte, rétorqua Jean. La SNCF a mis longtemps avant de nous mettre la cassette à disposition car elle était brouillée et les techniciens ont travaillé dessus pour la réparer.

— Visionnons-là, répondit Dussolier. Si Punto a commis un homicide nous le verrons à ce moment là.

— Je vous demande une minute d'attention, fit le sergent.

Maryline leva la tête ainsi qu' Elisabeth et Charline.

— Nous devons analyser la vidéo-surveillance de la gare de Thionville. Ils ont mis un jour et demi avant de nous la remettre.

— Pourquoi donc ?

— Des problèmes techniques.

— Nous allons revérifier que Sandra Punto ne se trouvait pas sur les lieux du crime. Charline a bien relevé l'ADN de Monte cependant rien ne nous dit que quelqu'un d'autre a jeté le mégot de cigarette là pour l'incriminer.

Dix minutes passèrent, soudain Dussolier s'écria :

— Voilà ce que l'on cherchait, Sandra a jeté un mégot de cigarette sur le bas côté dix minutes avant le meurtre. Elle voulait certainement faire plonger Marco Monte. Elle remonte dans sa voiture et attend l'arrivée de la victime. Il y a une personne dans sa voiture et elle est immatriculée au Luxembourg. Elle sort, met une cagoule se dirige vers la victime et oh ciel, elle l'abat ! Ensuite, elle et son fils j'imagine, s'éloignent en toute hâte. Si nous avions eu cette cassette, nous n'aurions pas perdu un temps précieux.

— Mieux vaut tard que jamais. J'appelle Eglantine pour un mandat d'arrêt pour Sandra, merci tout le monde, je suis soulagée, dit le commandant.

— Oh, il n'y a pas que vous, répondit Dussolier.

— Enfin, fit Bernard, nous avons toutes les preuves réunies pour le meurtre de Spinella. Malheureusement, il faudra encore creuser un peu pour découvrir qui a assassiné Maria Monte.

Soudain le portable de Bernard si mit à sonner.

— Ah, Roland comment vas-tu ? Tu as du nouveau, c'est une bonne nouvelle ! Le *Cat* a intercepté Marco Monte. Il nie avoir abattu son épouse. Cela on s'en doutait. Nous avons enfin pu analyser de notre côté la vidéo de la gare de Thionville. C'est Sandra Punto qui a fait le coup. On distingue un homme assis à côté d'elle, cependant on ne peut pas certifier que c'est son fils. C'est elle qui a abattu Spinella. Pourrons-nous passer chez vous pour l'interroger à notre tour ? Nous arrivons de suite. Il est presque midi on pourrait peut-être déjeuner ensemble ? Merci à tout de suite.

— Madame le Commandant !

— Oui Bernard.

— Les collaborateurs luxembourgeois du *CAT* ont réussi à mettre la main sur Monte. Il nie avoir tué son épouse. Il faudrait qu'on puisse le cuisiner pour savoir pour quelle raison Sandra voulait lui faire porter le chapeau ? Il sait peut-être qui est l'assassin de son épouse ? Nous partons à Rumelange, le *CAT* sera aussi présent.

— Excellent, j'informerai Madame la Procureure que Punto est la coupable. J'envoie Jean et ses collègues de Nancy l'arrêter, vous de votre côté partez au Grand-Duché. Je dois les accompagner.

Maryline, Jean et ses équipiers sonnèrent à la porte de Sandra. Elle apparut toute vêtue de noir et les yeux rougis. Elle prit tout de suite un ton arrogant et méprisant.

— Tiens donc, la police quand on en a besoin ils ne sont pas là, la preuve mon fils vient d'être assassiné !

— Madame Punto, décidément vous ne manquez pas d'air ! Je vous arrête pour le meurtre de Monsieur Spinella. Inutile de nier, nous avons visionné le meurtre à l'aide d'une vidéosurveillance qui était heureusement placée au bon endroit à la gare de Thionville. Vous serez entendue par la brigade des stupéfiants et croyez-nous, ils ne vous feront pas de cadeau, conclua le commandant. Il n'y a pas de crime parfait !

— Vous pouvez garder le silence car tout ce que vous direz pourra être retenu contre vous. Vous avez le droit de vous faire représenter par un avocat, si vous n'en avez pas, il vous en sera commis un d'office.

— Je n'ai tué personne, je veux parler à mon avocate sur le champ.

— Faites, Madame, ensuite nous vous mettrons en garde à vue, rajouta Marilyne.

Une dizaine de minutes plus tard, maître Géraldine Schuster arriva chez Sandra. Elle mis une vingtaine de minutes avant de sortir du bureau de Sandra.

— Ma cliente veut un arrangement ! dit l'avocate.

— Et pourquoi devrions - nous l'accepter ? fit Jean.

— Elle pourra vous aider à démasquer l'assassin de Maria Monte.

— Qui nous dit que ce qu'elle va nous raconter est vrai. Votre cliente n'a pas froid aux yeux et nous ne nous laisserons pas intimider par elle.

— Elle est très affectée par la mort de son fils Giani, il faut la comprendre.

— Si Giani n'avait pas eu des contacts au sein de la mafia colombienne cela ne serait pas arrivé.

— Oui, en effet, j'admets que vous avez raison, admit maître Schuster.

— On veut bien écouter ce qu'elle a à nous dire, nous stipulerons dans le procès-verbal les effort de Madame Punto. Peut-être que le juge et les jurés apprécieront, ou non, ce n'est pas à nous d'en juger.

— Je vous en remercie.

— Alors Madame Punto, qu'avez-vous à nous dire. ? Pourquoi avoir mis le mégot de cigarette de Marco Monte sur la scène de crime ?

— J'avoue l'homicide, ce salopard de Marco m'a trahi !

— Pourquoi avoir éliminé Marcello ?

— J'ai mes sources et elles sont fiables. J'ai appris qu'il travaillait pour les services secrets italiens. Je l'ai donc fait venir à la gare de Thionville, en prétextant être membre de *l'AISE*. Il est venu sans problèmes, je ne le croyais pas stupide à ce point. Il n'a même pas vérifié la véracité de mes dires. Quant au maire de Rome, il nous pourrit la vie depuis longtemps. Son épouse a été assassinée par un gang rival, depuis il ne nous lâche plus.

Ce qu'il ignorait c'est que c'était une garce et qu'elle sortait avec un chef mafieux. Ce dernier ne s'est pas laissé faire parce qu'elle, voulait le dénoncer à son mari.

— Et pour Marco, expliquez-nous, demanda Marilyne.

— Il travaillait pour moi, cependant il a entraîné mon fils dans une spirale infernale avec les colombiens. Je lui en voulais. Il n'avait jamais assez d'argent. Son épouse était encore pire que lui. Il se laissait manipuler par elle. Je suis presque certaine que Manuel dos Santos a aussi tué Maria Monte. Ces deux là s'étaient fait embarquer dans une histoire sans issue. Giani était jeune et inexpérimenté, il ne savait pas que les Colombien étaient plus dangereux que les personnes appartenant à la Nranghetta.

— Pour nous ils se valent, répondit Maryline d'un ton sec. Nos enquêteurs sont en train d'interroger Marco.

— Ah tiens, vous avez fait du bon travail, répliqua Sandra d'un ton arrogant.

— Il pourra peut-être nous en dire plus sur la personne qui a tué son épouse.

— Nous verrons, rétorqua Sandra.

— Pour l'instant, Madame Punto, vous serez transférée devant un juge d'instruction. Au vue de votre palmarès, vous ne sortirez plus de prison. La justice vous accordera une journée de sortie lors de l'enterrement de votre fils.

— Oh c'est vraiment très aimable, s'écria Sandra d'un ton sarcastique.

— Embarquez Madame. Nous verrons par la suite si   elle   a   raison.

Pendant ce temps Moretti et Dussolier étaient en train d'interroger Marco.

— Nous venons d'avoir un appel de notre commandant, Madame de Saint Cyprien. Nous savons pourquoi Sandra voulait vous faire porter le chapeau, déclara Bernard.

— Bien sûr, son fils Giani, mon épouse et moi nous nous étions associés aux Colombiens, et croyez-moi, ils ne rigolent pas. C'est encore pire que la Nranghetta.

— Ah bon, fit Dussolier, vous vous valez tous, allons donc.

— Qui a tué votre épouse ?

— Maria avait un amant, je l'ignorais. Elle me l'a dit juste avant de se faire assassiner.

— Pensez-vous que c'est lui qui l'a supprimée ?

— Pendant toute ma vie, j'ai fait des choses pas très claires cependant, je n'ai encore jamais tué quelqu'un, je crois que j'en serai incapable.

— Sandra Punto était votre ancienne cheffe, non.

— C'est un véritable serpent, si seulement nous ne nous étions pas associés ainsi qu'aux Colombiens. Ces derniers étaient très attirés par la récupération des fonds sur notre territoire.

— Qui était l'amant de votre femme, Marco ? Vous n'avez rien à perdre. Votre peine sera certainement moindre que celle de Sandra car vous avez collaboré. Pourquoi vous êtes-vous enfui ? demanda Bernard.

— Mon casier judiciaire comporte une liste de délits non négligeable, vous m'aurez mis les deux meurtres sur le dos. Comment Sandra a-t-elle fait pour que vous me suspectiez ?

— Elle a mis un de vos mégots de cigarette sur la scène de crime, répondit Dussolier.

— L'amant de mon épouse était Julio Amaretto. Ces deux là étaient tellement avides d'argent qu'ils auraient vendu mère et père.

— Quoi Amaretto ? fit le commissaire.

— Très bien, vous serez transféré devant un juge d'instruction pour trafic de substances illicites et association de malfaiteurs. Il sera tenu compte de votre collaboration avec la justice.

— Vous êtes humains Messieurs, merci. Je regrette ce que j'ai fait, c'est trop tard maintenant. Pour la prostitution, je n'ai rien fait, c'est Sandra qui s'en chargeait.

— Avez-vous besoin d'un avocat ?

— Oui, il m'en sera commis un d'office, j'imagine ?

— C'est   cela.

Bernard téléphona à Eglantine du Rocher et Maryline pour les avertir que lui et le *CAT* allaient repasser chez Julio.

— Bonjour Messieurs, que me vaut le plaisir de votre visite ? Mon établissement est en règle maintenant.

— Nous ne sommes pas de la brigade des mœurs ou des stupéfiants.

— Nous avons besoin de votre ADN et aimerions contrôler vos mains, dit le commandant Sam Durieux du *CAT*.

— De quel droit ?

— Pour suspicion de meurtre sur la personne de Maria Monte, votre maîtresse ?

— Je veux parler à mon avocate.

— Faites, appelez-la, fit Sam. Cependant nous ferons les analyses.

Quelques instants plus tard, maître Jeanne Duchêne arriva. Après s'être entretenu avec celle-ci, Julio sortit de la pièce, les yeux rougis.

— C'est bon, j'ai assassiné Maria, et oui c'était ma maîtresse. C'est une des plus grandes bêtises que j'ai faite dans ma vie.

— Permettez-moi une question, fit Bernard, même si je ne suis pas habilité à mener cette enquête sur le territoire Grand-Ducal. Il fit un clien d'oeuil à Sam.

— Laquelle ?

— Comment se fait-il qu'elle ait été tuée avec la même arme qui a servi à assassiner notre victime de Thionville ?

— Sandra m'a demandé une arme. Je lui ai remis le Beretta, puis, elle me l'a ramené. Je n'ai pas demandé pourquoi elle en avait besoin. J'ai agi comme un novice amoureux. Maria en voulait toujours plus. Elle m'avait mis en danger à cause de son association avec les Colombiens.

129

Je n'en pouvais plus. Je l'ai fait donc venir jusqu'au parc municipal de Rumelange et je l'ai abattue. Je ne regrette pas mon geste. La seule personne que je plains c'est son mari, Marco.

— Il est sous les verrous, lui signala Bernard.

— Vous serez amené devant le juge, fit Sam, ensuite vous serez mis en examen pour meurtre prémédité, trafic de substances illicites, prostitution et association de malfaiteurs. Ah, j'oubliais encore le blanchiment d'argent. Vous et Sandra vous aurez été le couple parfait, décidément.

— J'aimais Sandra, elle m'a toujours caché que Giani était aussi mon fils.

— Dans ce cas, répondit Sam, vous aurez le loisir d'assister à son enterrement. Le pauvre jeune homme serait peut-être encore vivant s'il avait eu d'autres parents.

— Peut-être, mais Giani n'aurais jamais dû s'associer aux Colombiens.

— Allô, Madame le Commandant, oui Amaretto a avoué le meurtre de sa maîtresse, Maria Monte. Je vais avertir Madame la Procureure également. Dès que nous serons rentrés vous aurez mon rapport. Nos associés Luxembourgeois ont fait un travail remarquable. Je m'excuse mais nous allons vite manger un morceau dans un fast-food car aucun restaurant ne va nous faire à manger à deux heures de l'après-midi.

— Bravo, félicitations à tout le monde, s'exclama Marilyne. On vous attend.

— Oh Bernard, je suis soulagé, or tu m'as encore l'air soucieux.

— Oui, cette histoire des 500 Euros de Claude me trotte dans la tête. J'irai voir cette Marie-Claire ce soir. Je n'aime pas qu'on fasse du mal à ma fille. Elle a trop bon coeur.

— Tu as raison, je t'aiderai Nous allons échanger nos rapports avec le *CAT* et Jean s'en occupera.

De retour au commissariat, tout le monde attendait Bernard et Christian. Madame du Rocher était également présente. Une grande table était dressée avec des boissons pour garniture et des petites agapes.

— Bravo à toute l'équipe ici présente, s'écria la magistrate.

— Régalez-vous. Vous aurez tout le temps de faire le travail administratif après !

— Bravo à vous toutes et tous, fit Maryline, le commandant. Une enquête assez difficile mais bien menée.

Il était 18 heures quand Bernard et Christian quittèrent le commissariat de police. Bernard se dirigea au domicile de Marie-Claire Angeloni. Il entendit du bruit dans l'appartement. Il sonna.

— Tiens Marie-Claire, comme on se retrouve. Le vieux bourgeois sans envergure vient chercher ce que vous avait prêté Claude, pas d'histoires avec moi. Dépêchez-vous !

La jeune femme changea de couleur.

— Je suis désolée Monsieur Moretti, je n'ai pas bien fait, j'ai fait du mal à Claude et je l'ai perdue. Je vous donne déjà 400 Euros, je vous donnerai le reste dès que je pourrai.

— Merci, je vous déconseille vivement de vous approcher encore une fois de ma fille, c'est un avertissement, sinon je vais vous pourrir la vie ! C'est compris ?

— Oui Monsieur le Commissaire. Je vous mettrai l'argent dans votre boîte aux lettres le mois prochain.

— C'est ce que je vous recommande, n'oubliez pas !

— Au plaisir de ne plus vous revoir, Mademoiselle.

— Papa, tu es là, enfin.

— Bonsoir chéri tu as l'air exténué, viens mets-toi assis, fit son épouse.

— Claude tiens, voici déjà 400 Euros. Je les ai reçu de Marie-Claire. Elle te rendra, dès que possible les 100 Euros qu'elle te doit encore. Elle les mettra dans notre boîte aux lettres. Tu vois, le vieux bourgeois sait y faire ! Je ne pense pas qu'elle essayera encore une fois de s'approcher de toi ou de t'amadouer. Je lui ai mis les points sur les i.

— Oh, tu n'y vas pas pas quatre chemins, Bernard, fit sa femme.

— Quand on fait du mal à notre fille, je suis un lion.

Et c'est ainsi que se termina cette histoire rocambolesque d'une enquête conjointe qui a mis fin à la tête de la Nangrhetta franco-luxembourgeoise. Cependant beaucoup de travail restera encore à faire pour éradiquer ce mal sur terre.

Cette histoire est issue de la pure imagination de l'auteur. Les personnages et situations ont été inventés de toute pièce. Toute ressemblance serait due au fruit du pur hasard.

Je remercie du fond du coeur Marie-Josée mon amie pour son aide à la correction. Merci à BoD de m'avoir permis d'être éditée ainsi qu'à mes lectrices et lecteurs.

© 2023, Eliane Schierer

Edition: BoD – Books on Demand,

info@bod.fr

Impression: BoD – Books on Demand, In de Tarpen

42, Norderstedt, (Allemagne)

Impression à la demande

ISBN: 978-2-3224-8214-6

Dépôt   Légal: juin   2023